S0-ESD-951

Te presento a la orquesta

escrito por **ANN HAYES** ilustrado por **KARMEN THOMPSON**

traducido por Alma Flor Ada

Libros Viajeros

Harcourt Brace & Company

SAN DIEGO   NEW YORK   LONDON

Text copyright © 1991 by Ann Hayes
Illustrations copyright © 1991 by Karmen Effenberger Thompson
Spanish translation copyright © 1995 by Harcourt Brace & Company

All rights reserved. No part of this publication may be reproduced or transmitted in any form or by any means, electronic or mechanical, including photocopy, recording, or any information storage and retrieval system, without permission in writing from the publisher.

Requests for permission to make copies of any part of the work should be mailed to: Permissions Department, Harcourt Brace & Company, 6277 Sea Harbor Drive, Orlando, Florida 32887-6777.

This is a translation of *Meet the Orchestra*.

Libros Viajeros is a registered trademark of Harcourt Brace & Company.

Library of Congress Cataloging-in-Publication Data
Hayes, Ann.
[Meet the orchestra. Spanish]
Te presento a la orquesta/escrito por Ann Hayes; illustrado por
by Karmen Effenberger Thompson por Alma flor Ada.
p.   cm.
Translation of Meet the orchestra.
"Libros Viajeros."
ISBN 0-15-200275-8
1. Orchestra—Juvenile literature. 2. Musical instruments—
Juvenile literature. [1. Orchestra. 2. Musical instruments.]
3. Spanish language materials.] I. Thompson, Karmen Effenberger, ill.
II. Title.
ML1200.H318   1995
784.19—dc20 94-31681

O N M L K J I H G F

Printed in Singapore

The paintings in this book were done in watercolor
on Arches cold press watercolor board.
The display type was set in ITC Korinna Kursiv.
The text type was set in Futura Medium.
Color separations by Bright Arts, Ltd., Singapore
Printed and bound by Tien Wah Press, Singapore
Production supervision by Warren Wallerstein and Diana Novak
Designed by Camilla Filancia

Para nuestros padres
HELEN y PENT EVERETT
y
CLAIRE y LEONARD DAVIDOW
con aprecio por toda una vida
de estímulo y apoyo

La orquesta toca esta noche. El público ha llegado. Los músicos llegan al escenario con sus instrumentos. ¡Qué variedad! Instrumentos de cuerda, de viento, de madera, de bronce y de percusión.

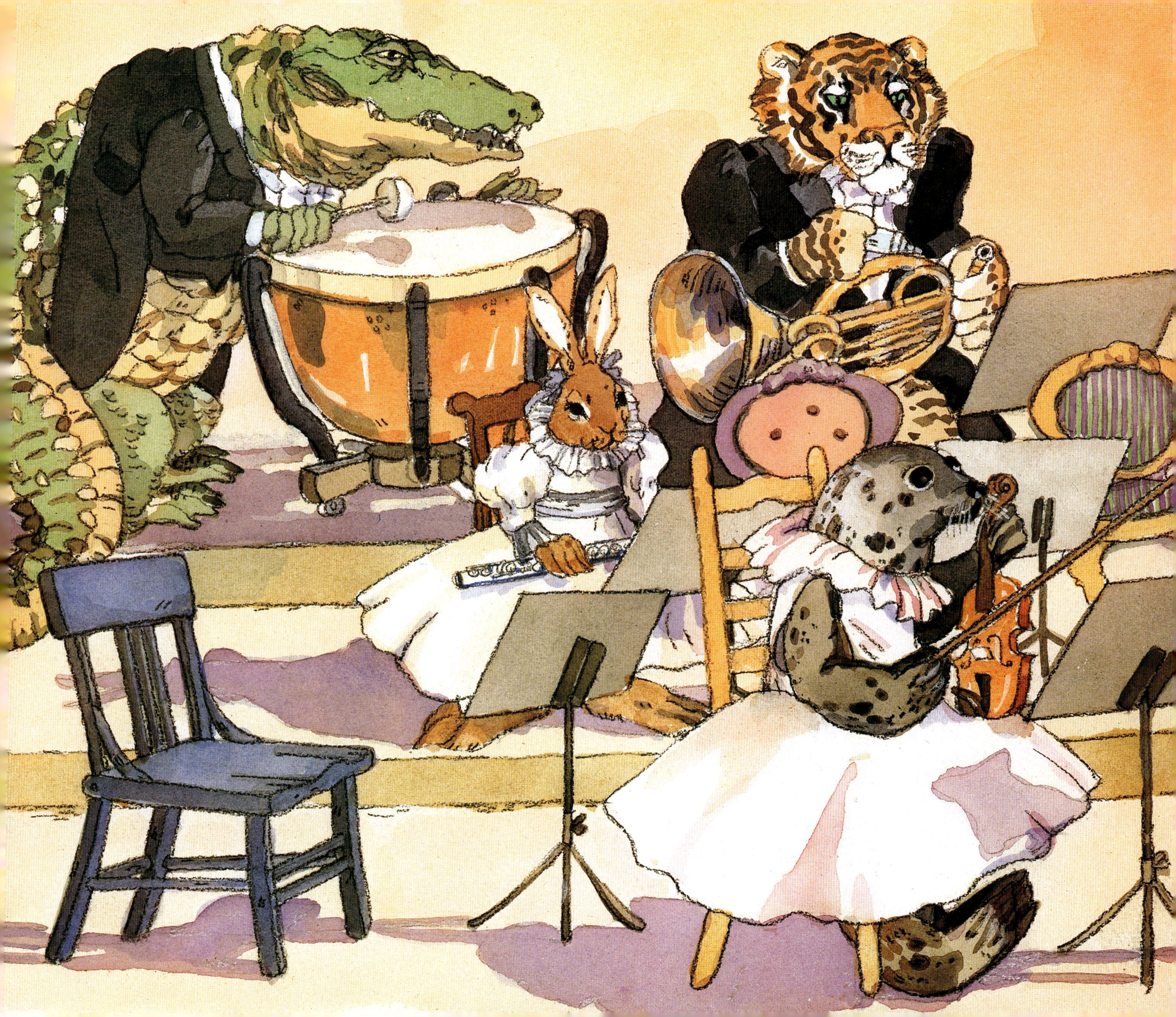

Violín

Los músicos que tocan instrumentos similares se sientan juntos como "en familia". El violín pertenece a la familia de los instrumentos de cuerda, como la viola, el violoncelo y el gran contrabajo. Para tocar cualquiera de estos instrumentos necesitas usar un arco o pulsar las cuerdas con los dedos.

El violín es el menor de los instrumentos de cuerda. Su sonido puede ser tan alegre como la risa, tan ligero como el aire, tan suave como un murmullo o tan triste como una lágrima.

Viola

A medida que los instrumentos se hacen mayores, sus voces se hacen más graves. La viola parece una hermana mayor del violín y suena como tal. Tiene un tono más profundo, que te recuerda las sombras del anochecer, los cielos nublados y el color azul.

Violoncelo

No puedes ponerte un violoncelo debajo de la barbilla, como haces con el violín o la viola. Es tan grande que tienes que apoyarlo en el suelo. La voz rica y tierna del violoncelo habla de sentimientos profundos como el júbilo o la tristeza. Te puede recordar la belleza serena de un cisne en el agua, dejándose llevar por la corriente, y el color púrpura.

Contrabajo

El contrabajo es el abuelito de la familia de instrumentos de cuerda. Es tan alto que tienes que tocarlo de pie o sentado en una banqueta.

Cuando se le toca con el arco, sus notas graves gimen y se quejan. Cuando se le plañe, su sonido resonante ayuda a otros músicos a mantener el ritmo.

Flauta

La flauta pertenece a la familia de los instrumentos de viento, así como el pícolo, el oboe, el fagot o bajón y el clarinete. Para tocar estos instrumentos tienes que soplar en ellos. En otra época, estos instrumentos eran todos de madera; hoy las flautas son a menudo de plata e incluso de oro.

Para tocar la flauta tienes que sostenerla de lado, apretar los labios y soplar la boquilla. Con práctica puedes trinar como un pájaro o tocar notas lentas y temblorosas tan frescas como un arroyuelo en la montaña.

Pícolo

A la flautita llamada pícolo, hermanita de la flauta, le encanta la atención y siempre la consigue. Es tan aguda, que no puedes evitar oírla. Sus notas altas casi te rompen el tímpano. Sin embargo, a todos les encanta el pícolo porque tiene tan buen sentido del humor.

Oboe

El oboe tiene una lengüeta de caña. La lengüeta puede ser molesta y problemática. Entonces grazna como un ganso muy resfriado.

Pero generalmente se puede confiar en el oboe. El oboe toca esa nota sola que toda la orquesta utiliza para afinar inmediatamente antes de empezar el concierto. Su voz te puede recordar castillos lejanos en el ocaso, hojas de otoño y el dolor de decirle adiós a alguien a quien quieres mucho.

Fagot

El fagot o bajón es como un oboe grande, doblado. También tiene boquilla de bambú. Su voz, como su nombre, sugiere soledad. Sin embargo, el fagot también puede ser juguetón. Conversa y se ríe con los otros instrumentos. A menudo lo escuchas resoplando como una pequeña locomotora. ¿No te parece ver el humo flotando sobre la orquesta?

Clarinete

Hay dos tipos de clarinetes. El recto es ágil y rápido. Sube y baja por la escala, sin tropezarse con ninguna de las notas. Sus tonos frescos se te derriten en los oídos como el helado se te derrite en la boca.

clarinete en si bemol

Este clarinete larguísimo está doblado en ambos extremos para que no choque contra el piso mientras lo tocan. Sus notas graves y lentas pueden recordarte las nubes flotando sobre la luna o una serpiente meciéndose al compás de la música del encantador de serpientes.

clarinete bajo o contralto

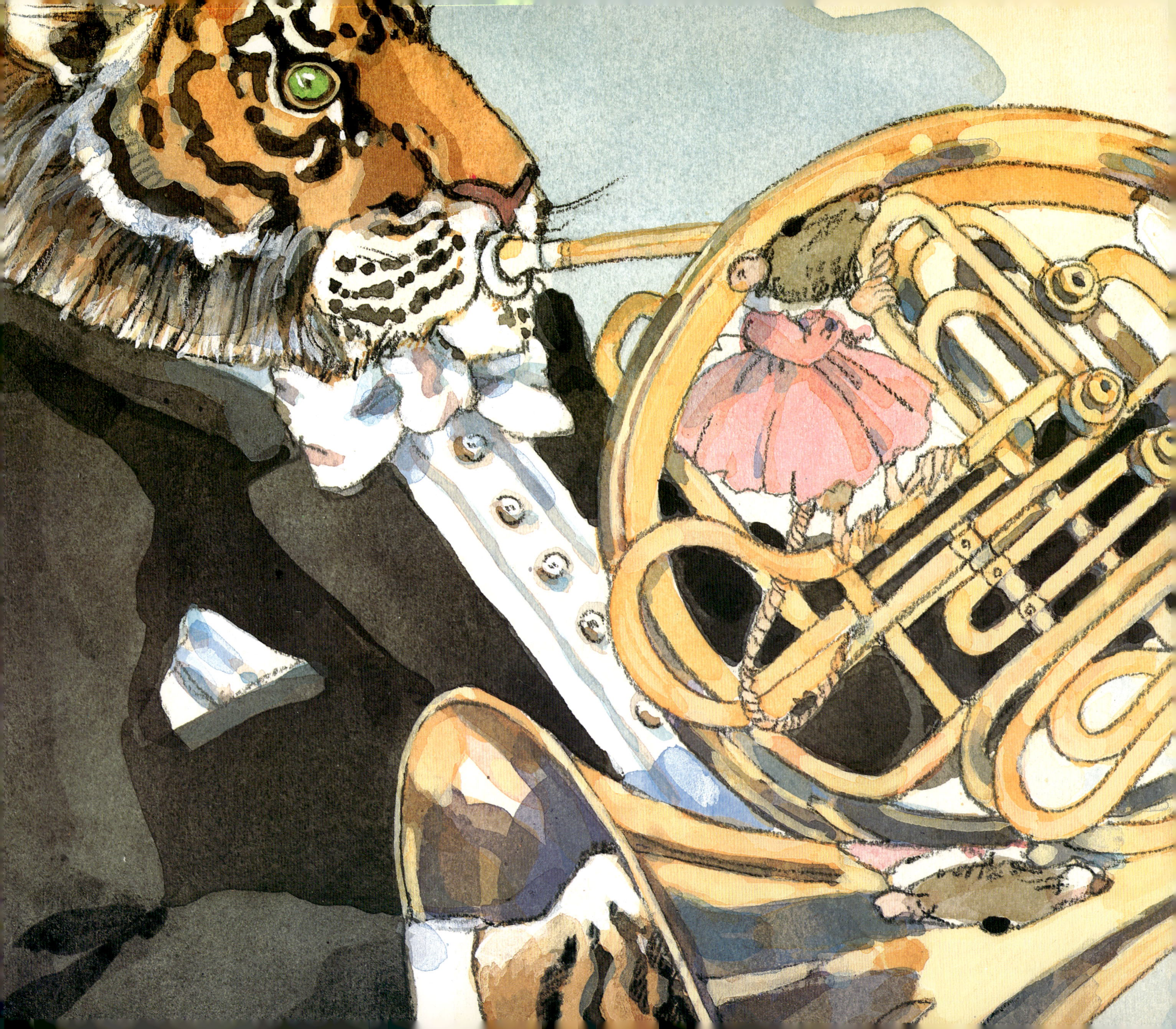

Corno francés

¡Abran paso a la familia de los bronces, los miembros más poderosos de la orquesta! Aun cuando tocan suave, sientes un gran felino agazapado y listo para saltar.

Los bronces, o instrumentos de viento de metal, no tienen lengüeta de caña. Tus labios, al zumbar contra la boquilla de metal, producen el sonido. Los tubos de los cuernos lo magnifican como una bocina amplifica la voz del locutor.

El corno francés es como una gran campana brillante al final de un tubo largo y delgado. El tubo está enroscado, para poder tocar con una mano en las válvulas y la otra dentro de la campana. La mano de adentro suaviza el sonido. (Si el corno francés estuviera desenroscado llegaría hasta el otro extremo del salón. Y seguramente alguien tropezaría con él).

El corno francés tiene muchas voces. Puede calmarte con sus tonos suaves o encantarte con su galante toque de cacería.

Trompeta

El tubo corto de la trompeta da la idea de que es más fácil de tocar que los otros instrumentos de bronce. Pero, ¿será verdad? No, dicen los trompetistas. Tienes que practicar mucho, como con los otros instrumentos, para aprender a tocarla.

El llamado de la trompeta es noble y excitante. Te puede recordar banderas ondeantes, soldados en marcha o a la realeza haciendo su entrada triunfal a un gran salón.

Tuba

La tuba tiene una gran campana y un tubo muy largo. ¿Recuerdas que los instrumentos de cuerda mayores tienen voces más graves? Lo mismo ocurre con los cuernos. Los más grandes producen sonidos más graves.

La tuba rara vez toca melodías. Es más bien un instrumento rítmico. Sus notas graves ayudan a los bronces a mantener el ritmo, igual que los graves latidos del contrabajo ayudan a los instrumentos de cuerda.

Tímpanos o timbales

Los grandes tambores se colocan en "la cocina" o sea en la sección de percusión de la orquesta. Todo lo que se golpea, tañe o repica se reúne allí.

¿Has oído alguna vez rugir a la orquesta con el sonido de una tormenta distante? ¡De momento explota con un "BUM, BUM, BUM"! Son los tímpanos o timbales. Parecen dos enormes calderos, uno al lado del otro. Cada uno tiene un tono distinto. Los golpeas rápidamente, alternándolos, para hacer que la tormenta estalle y retumbe.

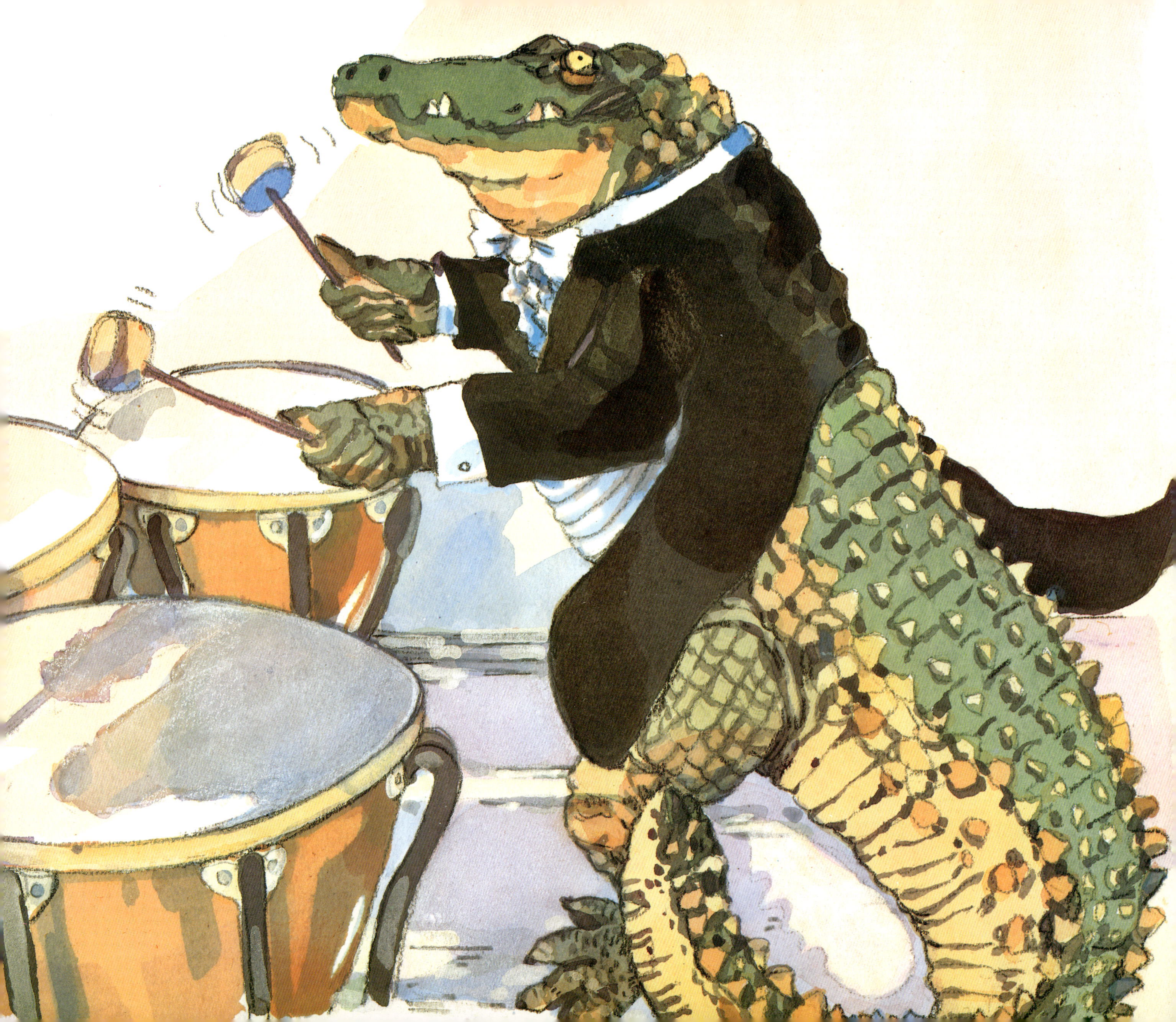

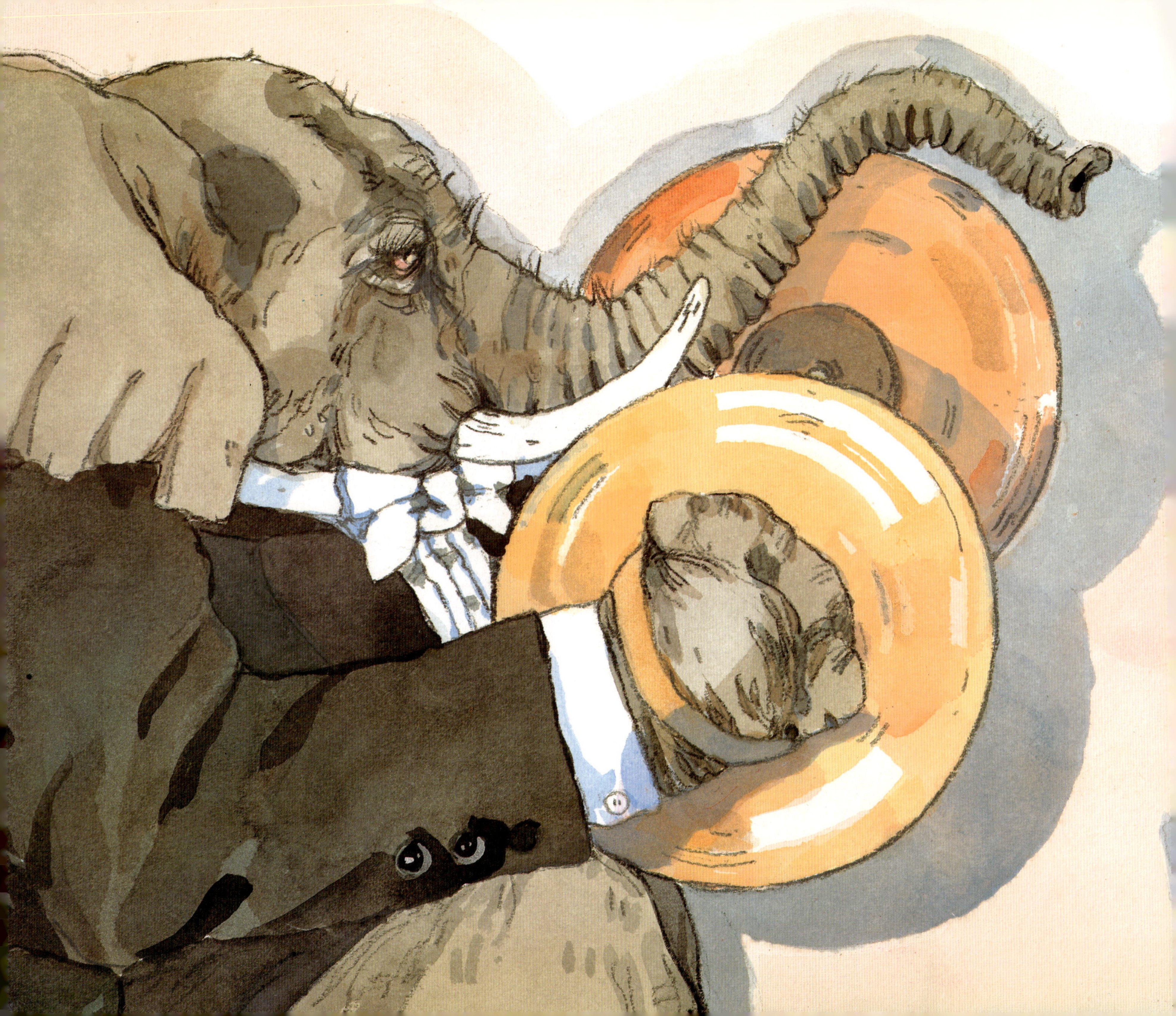

Platillos

Los platillos parecen un par de tapas de ollas. Cuando se los golpea, chocan con la furia de una tormenta. Si los tambores te crean el sonido de los truenos, los platillos te ofrecen el estallido del relámpago. Escúchalos sonar justo cuando la música alcanza la cima del entusiasmo. ¡Es un gran momento para toda la orquesta!

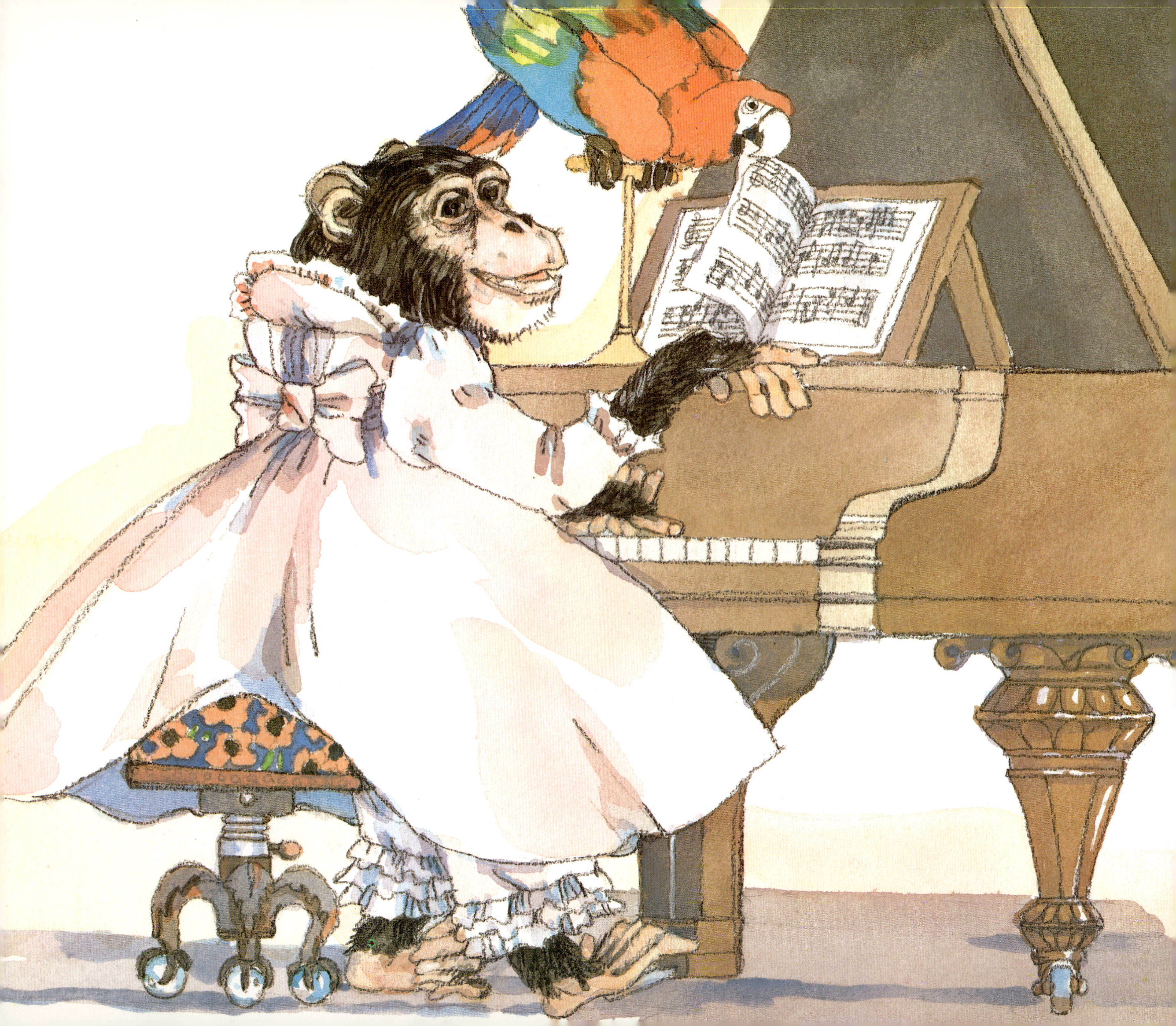

Piano

Cuando te sientas al piano, las teclas blancas y negras hacen que tus dedos quieran bailar. Desde el centro puedes tocarlas todas: las agudas a tu derecha y las graves a tu izquierda.

Cuando escuchas un murmullo de notas estallar en acordes atronadores y luego desaparecer en el silencio, es probablemente la voz del piano. Cuando termina deseas aplaudir o quizá hasta llorar.

Director

Ahora, te presento al director. A menudo se le llama "maestro". Dirige a los músicos todo el tiempo. Lo hace más que nada ¡hablándoles con las manos! En la mano derecha sostiene un palito, la batuta. Con ella lleva el compás. Con la mano izquierda indica "¡Toquen ahora!" "¡Rápido!" "¡Más vivo!" "¡Más fuerte!" "¡Más suave!" "¡Ah, perfecto!" Levanta una ceja para decir: "¡Está desafinado!"

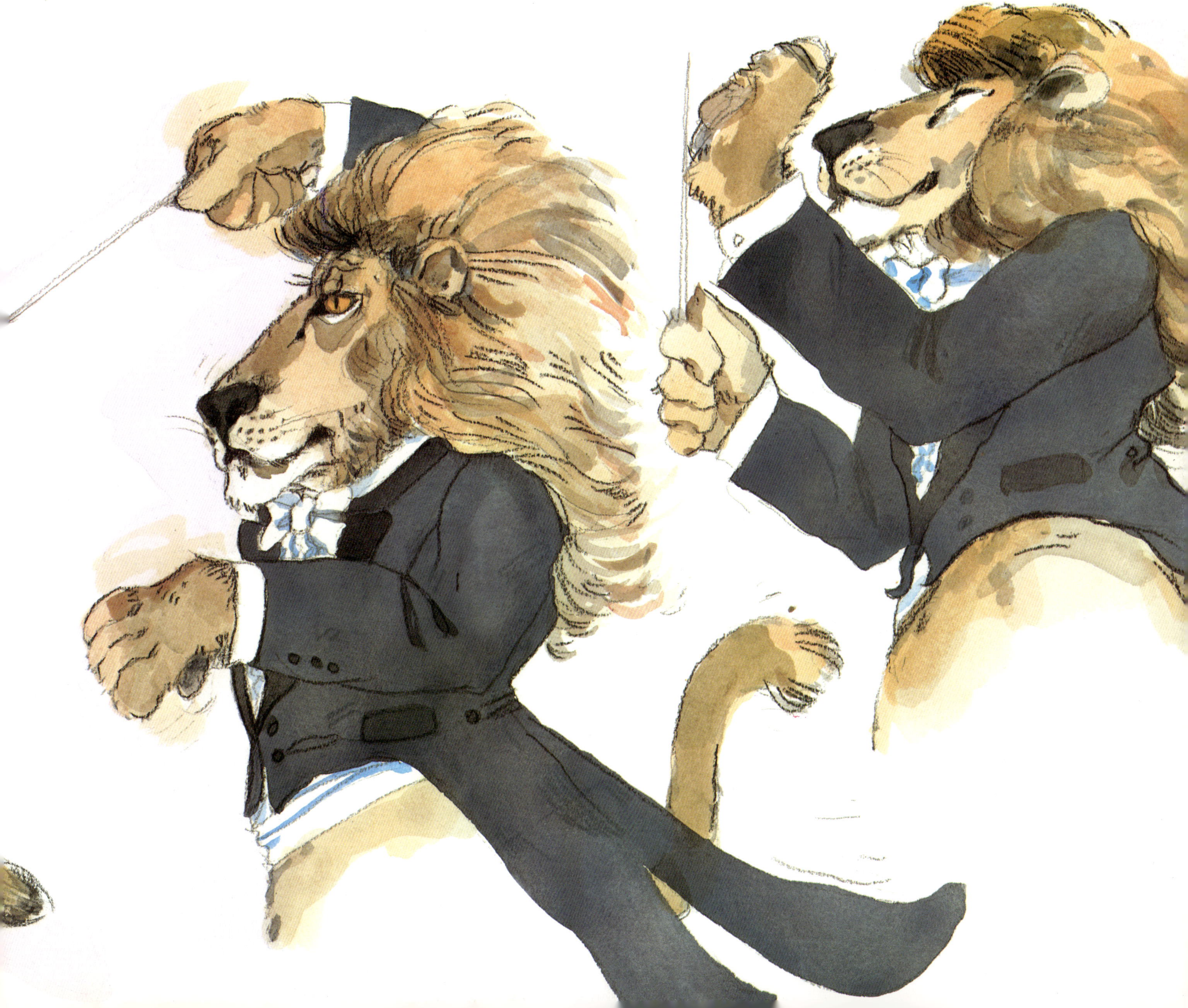

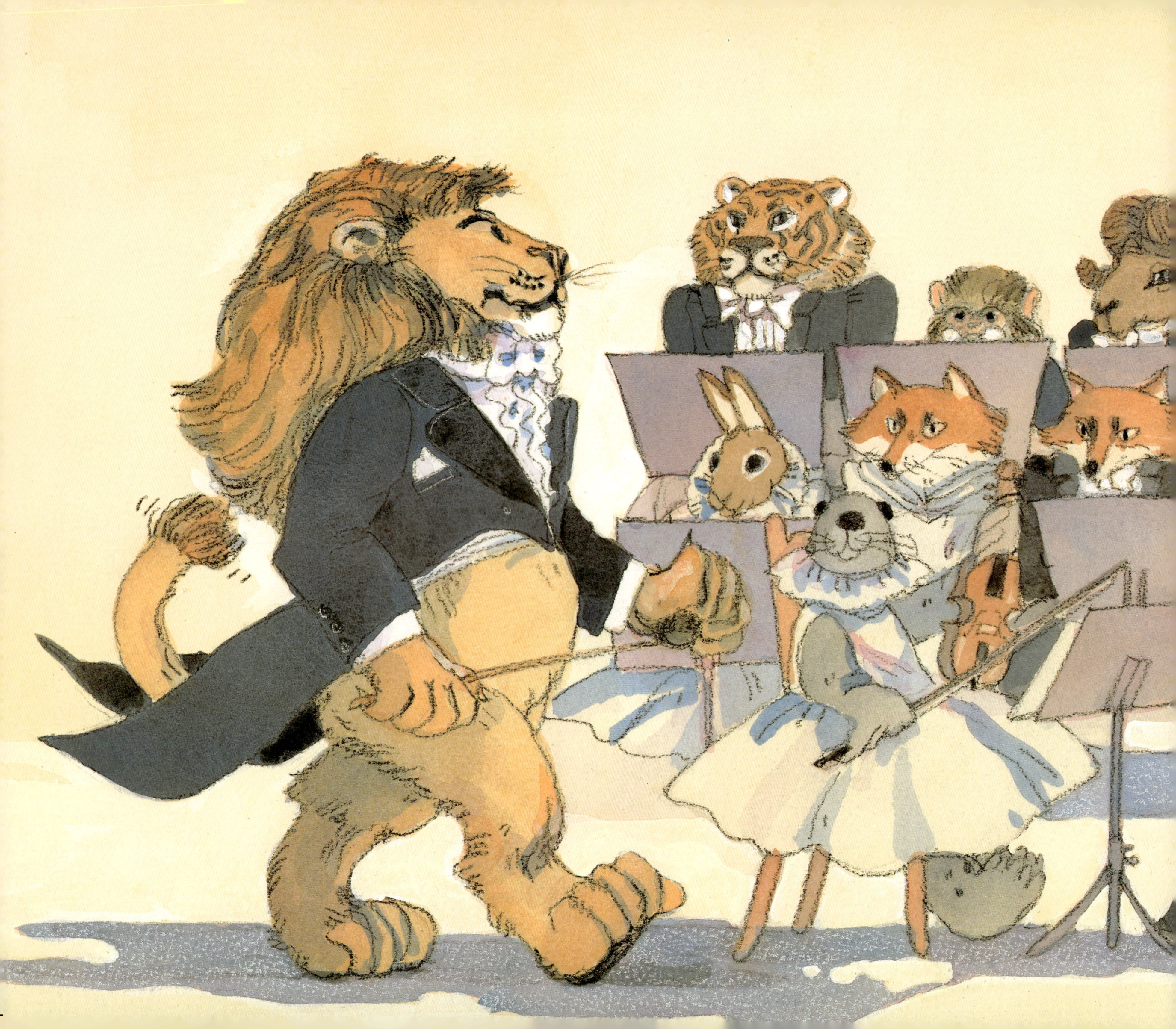

Los músicos han tomado asiento. Los instrumentos de cuerda, que son mucho más numerosos, se sientan al frente, casi llenando todo el escenario. Los instrumentos de viento se sientan juntos en el centro. Los bronces y los instrumentos de percusión están al fondo.

El director sale al escenario con grandes pasos hasta colocarse al frente de la orquesta, levanta la batuta. . . .

¡Que empiece la música!

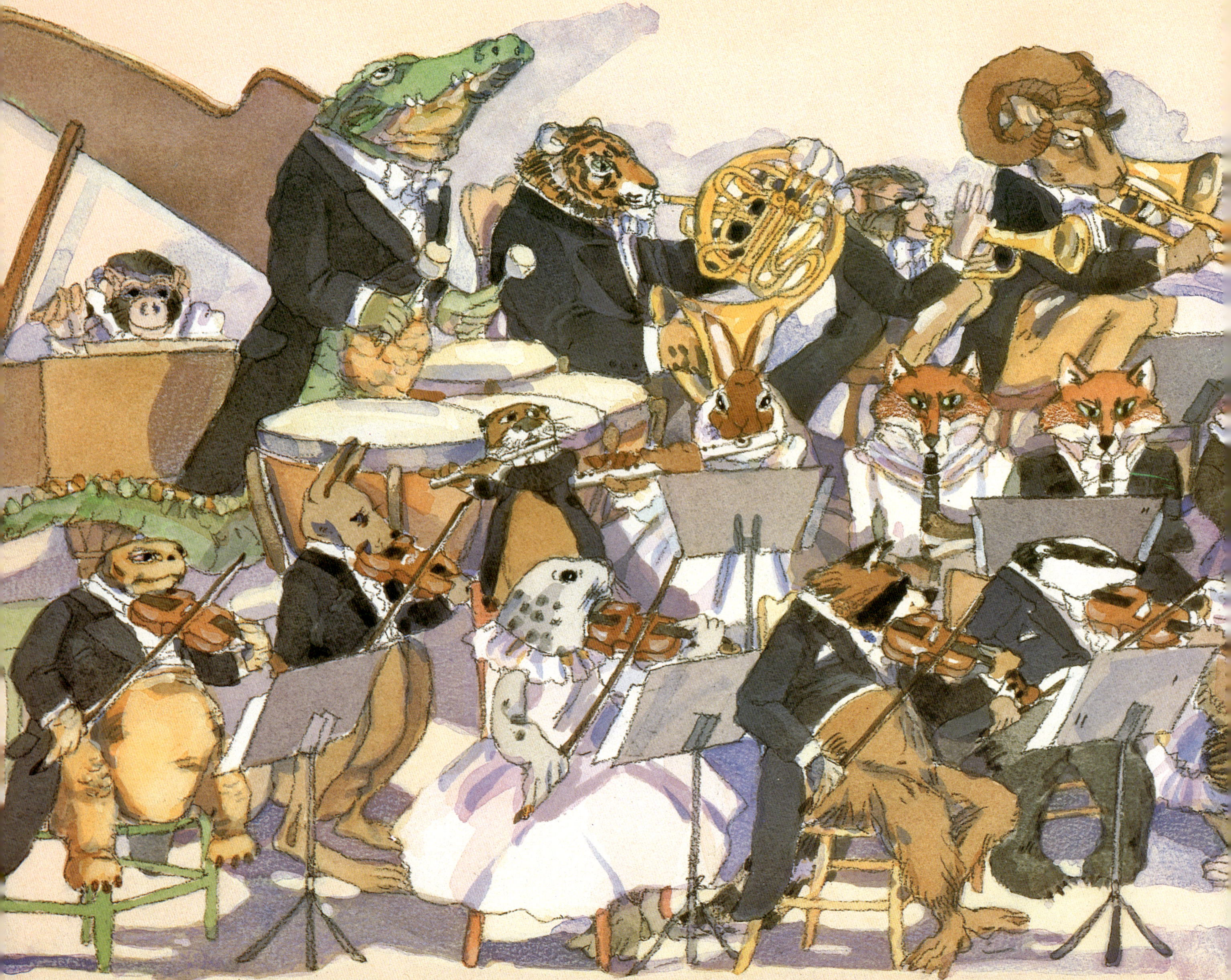

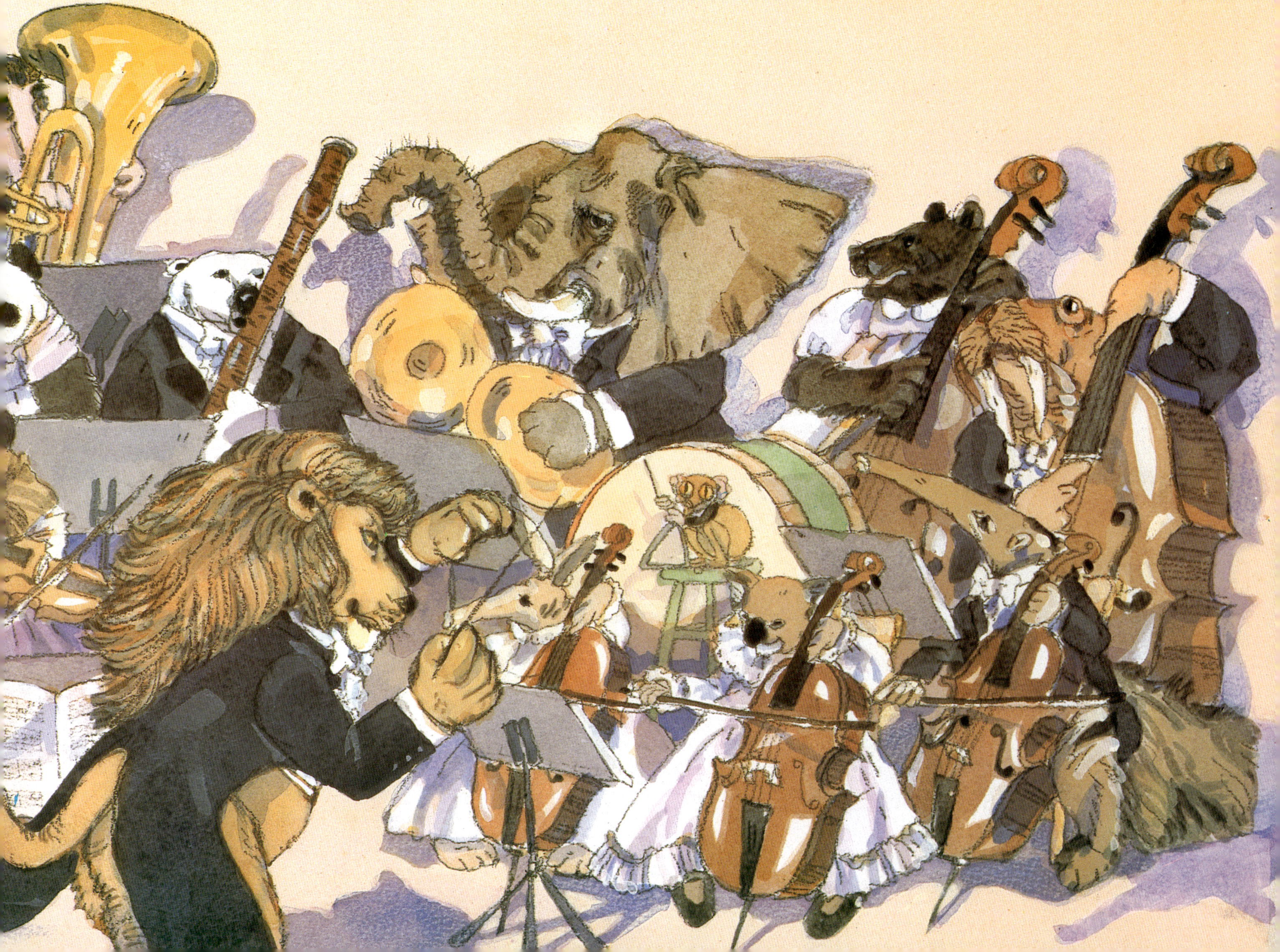

La orquesta tocó esta noche. Ahora es hora de irse a casa. Como las voces de sus instrumentos, los músicos desaparecen en la noche.